みおもて谷の物語

くぼた まみこ

東京図書出版

はじめに

そこは、平家の落人《おちうど》伝説が残る、谷あいの小さな村だった。三面《みおもて》川のはるか上流にあり、村の人達は、船を使って行き来していた。

村には、四十二戸の家があり、子ども達が通う小さな学校もあった。

学校には、小学生、中学生、合わせて二十三人が通っていた。


教室の窓からよく見える前山《まえやま》（七七八メートル）に、大きなクリの木が立っていた。もう何年も、そこに立っているクリの木は、春になると、りっぱな枝にたくさんの葉をつけた。子ども達は、時々その木に登って遊んだ。

秋になって実をつけるころには、大人も子どもも大勢クリ拾いに出かけた。

みおもて谷の物語 ✻ 目次

1 ようこそ、三面《みおもて》へ

冬に降った雪が春になってもまだ消えないその年の四月。新しい先生が学校にやって来た。二十三人の全校生徒（小学生九人、中学生十四人）が、玄関の前に並んで、出迎えをしていた。

「私達の学校へようこそ来てくださいました。三面は、自然のとても豊かな所です。不便なこともありますが、私達小中学生二十三人、勉強や運動をいっしょうけんめいがんばっています。どうぞよろしくお願いします」

新しい四人の先生は、子ども達から歓迎《かんげい》のあいさつをしてもらい、ここまで歩いてきた疲れがふきとぶようだった。

子ども達の表情は明るく、目はきらきら輝いていた。

《やあ、やってきたな。長ぐつをはいて重そうなリュックを背おっているぞ。若い女の先生が二人と、少し年《ねん》ぱいの男の先生が二人、新しく来たんだな》

と、クリの木は思った。葉っぱをゆらして、あいさつしようとしたが、まだ自分には一枚も葉っぱがついていないことに気づいた。そこで、心の中で叫んだ。

《ようこそ、私達の村へ。船に乗ったり、雪道を歩いたり、大変だったことでしょう。早く慣れて、楽しく暮らしてください。それから子ども達のこともよろしくお願いします》

四人の新しい先生は、そんな声に気づいてか、向かいの山（前《まえ》山《やま》）に堂々と立っているクリの木をながめていた。そして、

「みなさんに会えて、とてもうれしいです。あしたから、いっしょ

に勉強したり、運動したりしましょう」

と、子ども達にあいさつした。それから、まだ固い雪の道を住宅の方へてくてく歩いて行った。

2 部屋の名前はカタクリ

村のまん中へんに住宅（教員住宅）はあった。木造の二階建てだった。

住宅の玄関をあけると、住宅のおばさん（章子《あやこ》おばさん）がにこにこ顔で迎えてくれた。新顔《しんがお》の四人は、おばさんに、

「はじめまして。宜しくお願いします！」

と、ていねいにあいさつをした。おばさんの笑顔が緊張《きんちょう》をといてくれた。大きな荷物（布団ぶくろなど）は、なんと村の人達が背おって運んでくれて、先に届いていた。

玄関のすぐわきの部屋は「カタクリ」の部屋だった。部屋の入口の柱に札《ふだ》がかかっていて、それぞれ名前がついていたのだ。住宅に

は、十人の先生達とおばさんの部屋があった。コブシ、マンサク、ユキワリソウ、シャクナゲ、ウレンハギ……。

どれも三面に咲く花の名前だった。あ、ウレンハギ（宇連萩）は山の名前だったかな。先生達は、かついできたリュックの中の荷物を一通り片づけてから、食堂へ行った。

食堂へ入ると、ほかほかとゆげのたつ、おばさんのごちそうが待っていた。みんなは、おばさんの料理を食べながら、これから始まる仕事のことや、山の草花のこと、三面の山菜のこと、村の人達のことなど、わいわいとおしゃべりした。

お酒を飲む人は、「長寿水係《ちょうじゅすい》」にたのんでついでもらっていた。住宅には、お酒の法があって、「自分の体にきいて飲め」というものだった。飲みすぎはいけない、ほどほどにということらしい。月末になると、「長寿水係」が、飲んだ人に飲んだ分だけ集金をしていた。きちんとしたシステムができていた。

和《なご》やかな食事がすむと、そのまま食堂でテレビを見る人、おふろに入る人、自分の部屋へひきあげる人と、様々だった。

クリの木は、《みんな、だいぶ疲れているようだから、部屋へ戻って、早く布団にもぐった方がいいですよ。明日にそなえて、ぐっすり眠って疲れをとってください》

と、つぶやいた。

3　まんさくの咲くころ

山に黄色いまんさくの花が咲くころ、ようやく春の風が吹いてきた。

新しい先生達は、雪道の歩き方にもだいぶ慣《な》れてきたようだ。というのは、春の雪道はまん中の、踏《ふ》み固められた一番固い所を歩かないといけないのだった。バランスをくずして、ちょっと左右にずれると、ズボッともぐってしまう。

「あー、またやったあ」

と言って、長ぐつにはいった雪をトントンと手でかき出さなければならなかった。

まだずいぶん積もっている雪道を、長ぐつで注意深く歩きながら、子どもも大人も、少しずつ春のおとずれを感じてそわそわしていた。

「なんだか明るくなってきたね」

「山が黄色くなってきたよ。もうすぐ黄緑色《きみどりいろ》になるよ」

「はやくカジカとりに行きたいな」

「雪がとけたら前山に登ろうよ。いいながめだよ」

子ども達は、先生と楽しそうに話していた。もちろんカジカとりも山登りも、子ども達の方がずっと上手にちがいなかったけれど、先生は、

「きっと行こうね」

と約束し、カジカとりや山登りを楽しみにしていた。

前山に立っているクリの木にも新芽《しんめ》が出てきた。

(もう少したって、みんなが新しい生活に慣れるころ、私も新しい

葉をつけることができるかなあ。そしたらみんなのために、木陰《こかげ》をつくったり、小鳥をとまらせたりしたいなあ》
と、おだやかな気持ちでつぶやいた。

4

ぜんまい採《と》り休み

三面の学校には、五月の後半に二週間ほど『ぜんまい採《と》り休み』があった。家族全員でぜんまい山へ行って、ぜんまいを採るのだ。そこには、小さなぜんまい小屋があって、家族で泊まりこんで仕事をする。犬やねこももちろんいっしょだった。

ぜんまい山でぜんまいをもみながら、子ども達はいろんな話を聞いた。子どもはお母さんから、お母さんはおばあちゃんから、おばあちゃんは年よりばあちゃんから聞かせてもらったという。

たとえば、天気予報《よほう》は鳥が教えてくれること。ふくろうが、

「ノーツケホーセ（のりつけ干せ）」

と、鳴くと晴れるし、鳥が、

「テロロ、テロロ」

と鳴くと雨になること。それから、たくさんの昔話も。それは必ず「昔あっけど」で始まって、「あとはねっけど」で終わるお話だった。

ぜんまい山で、子ども達は、大人が採ってきたぜんまいのわたを取ったり、ゆでたり、干したり、もんだりして毎日忙しく過ごしていた。

ぜんまい採り休みが終わって学校が始まると、子ども達は先生にいろんな話をした。

「今年は、茶わん洗いと洗たくもやったよ」

「いっぱい手伝いしたし、魚つりもして楽しかったよ」

「鳥が夜になると、ショーユーカッテコイって鳴くんだよ」

「来年は、わた取りが上手になるといいな」

先生は、行ったことのないぜんまい山を思いうかべながら、楽しそうに聞いていた。

前山のクリの木にも、だいぶ葉っぱが出てきた。まだ黄緑《きみどり》色だったが、日ごとに色が濃《こ》くなっていった。

《これから夏にかけて、三面の山はどんどん緑になっていきます。私も枝を伸ばし、葉をたくさんつけて、鳥たちを休ませてやれたらいいなあ》

クリの木は、少しわくわくした気持ちでつぶやいた。

5

水道山《すいどうやま》に登って

日かげの雪もようやく消えた五月の終わりごろ。子ども達から、

「先生、水道山に登ったことある？　とってもいい景色《けしき》だよ」

と言われ、先生は日曜日の午後、水道山に登ることにした。もう一人の先生もさそった。それから、住宅のおばさんにたのんで、道案内をしてもらうことにした。

三面の山は、下の山とちがって、広い道はついていない。細い道だし、やぶになっている所もある。とても一人では登れない。おばさんから、

「山に登る時には、必ずはじめの景色《けしき》を覚えておくこと」

と教えてもらった。そうすれば、「道に迷った時にその景色の所

に戻ればいい」ということだった。といっても全部山だったが……。

もう一つは、

「枝につかまる時には、葉っぱのある枝につかまること」

葉のない、枯れた枝につかまると、折れてしまう危険《きけん》があるからだ。山で暮らすおばさんの大切な知恵だった。

おしゃべりをしながら登って行くと、どうにか水道山の頂上に着いた。見下ろすと、眼下に三面の村が広がっていた。四十二戸の家が、ちょうど一枚の写真におさまるように、三面の谷に建っていた。

「わぁー、全部見える」

と、先生が言うと、

「ほら、あれが住宅で、あっちが学校の方で……」

と、おばさんが指さして教えてくれた。一軒一軒の家の姿がよく見える、絵のような景色《けしき》だった。

子ども達は、水道山の上から自分の家がはっきりと見えることをちゃんと知っていたんだと先生は思った。

葉っぱがだいぶ緑色になってきたクリの木は、その葉っぱをゆらしながら、

《水道山もいいけれど、前山からの景色もいいですよ。クリがなったら、ぜひ登ってください》

と、つぶやいた。

6

早朝のウルイ採《と》り

よく晴れた土曜日の朝、教頭先生は、早起きをして、ウルイ採《と》りに出かけることにした。きのう、学校の帰りに、川の向こうのがけの下にウルイがたくさんあるのを見つけておいたのだ。

まだ薄暗《うすぐら》いうちに起きた教頭先生は、きのうから約束しておいたもう一人の先生をさそって、二人で出かけて行った。朝もやがかかっている道を進んで行き、きのうねらいをつけておいたがけを下りていくと、さっそくウルイを採《と》り始めた。

「きのう見つけておいてよかった。たくさんあるぞ」

と、喜んで採っていると、足もとの土が少しずつくずれていき、下の方へ、ずるずると落ちていった。

「これはいけない！」

と、草や石につかまったが、どんどん落ちていった。

「大変だ！」

やっと一本の根っこにつかまって止まったが、ここから上へあがるのは、よういではないようだった。教頭先生は、

「ここで川に落ちるわけにはいかない」

と、もう一人の先生を大きな声で呼んだ。

「おーい、川に落ちそうだ。何かつかまるものをおろしてくれ！」

もう一人の先生は、すぐ近くにフジヅルがあるのを見つけて、それをおろしてやった。教頭先生は、フジヅルにつかまって、やっとはいあがることができた。

「やれやれ、あぶないところだった。命びろいをした」

と、教頭先生は、汗だくになって、もう一人の先生にお礼を言っ

た。

二人の先生は、住宅に帰って、おばさんに事のしだいを話すと、おばさんは、

「そんな危《あぶ》ない所へは、村の人でも行かないですよ。村の人は、もっと足場《あしば》のいい上流の方で、やわらかくて太いウルイを採ります」

と言って、自分が採った太くてやわらかそうなウルイを一束《たば》、お土産《みやげ》にと渡してくれた。

クリの木は、
《春になって、雪が消えると、待っていたかのように、フキノトウ、コゴミ、ミズ、ゴボウアザミ、ウルイなどがいっせいに顔を出してきます。村の人達は、自分が採る場所をだいたい決めておいて、安

全な場所へ採りに行きます。急ながけになっている所へはぜったいに行かないですよ。自分が落ちたら、もともこもないからです。それが山菜採りのルールですよ》

と、やれやれといった様子でつぶやいた。

7

三つの名字《みょうじ》のはなし

ある時、先生は子ども達といっしょに、村のリヨおばあちゃんの所へ、三面《みおもて》の話を聞きに行った。三面の村には「小池」と「高橋」と「伊藤」の三つの名字しかない。そのわけを昔をよく知っているリヨおばあちゃんに聞きに行ったのだ。

リヨおばあちゃんは、家の前でござを広げてぜんまいを干していたが、子ども達の顔を見ると、にこにこして「おら、何《なん》にも知らねども……」と言いながら話してくれた。

『この村が火事になってからな。そしてすっかり焼《や》けてしもで、うち建《た》てだんだでば。一軒《けん》建て、二軒建てして、建てだんだでば。前山だの、あちこちの木切って、歩いて末沢《すえざわ》まで行って。

そこで何採《と》れるわけでもねんだし、金はねんだしな。てんでに小屋作っては、はいって。そして、米だの、あわだの、そばだの、あずきだの、きびだのとって食べだんだでやんだぜ。なんでも粉にしてな、煮《に》て食べだとさ。

それから、神様たでで、集まったでやんだ。小池と高橋が元屋敷《もとやしき》に。だども、あんまり狭《せま》いということで、おいの助のあんにゃと、じえ門と川を泳《およ》いで下《くだ》ってきたど。滝《たき》のあるところは、山へ登って、そうしてまだ下りて、そうして来たんだでば。そうして、（小池が）ここにいたんだとさ。

今は盛《さか》りだども、昔の昔。たった二軒で始まって、何十年もたつと、高橋も来てさすけね（かまわない）となって住んだんだと。

そこから一里半《りはん》ばり（ばかり）の猿田《さるた》というところに、伊藤という人が住んでいでな、その人も住んでさすけねということで、三つ住んだと。高橋と伊藤と、三つ住んでもさすけねということで来たんだと。

そしてこんど、三つ合わさったから、三面村《みめんむら》となってできたんだ。三つ集まってさ三面村《みおもてむら》となったんだとさ』

話を聞いていた子ども達は、へえーと感心してしまった。そういうことだったのか……。前に家の人から聞いたような気もするけど、リヨおばあちゃんから、詳《くわ》しくはっきりと聞くことができたからだ。

子ども達と先生は、学校へ戻ってから、リヨおばあちゃんへ手紙を書いた。

『みおもて谷の物語』正誤表

お詫びして訂正いたします

	誤	正
28頁4行	三面村《みめんむら》	三面村《さんめんむら》

リヨおばあちゃん、このあいだはお話を聞かせてくれて
ありがとうございました。
三面のことがよくわかりました。
これからも元気で長生きしてください。
～一・四年生　より～

8

ヘクサにご用心

春の日ざしがポカポカとふりそそぐころ、教室のすみっこに、時々、黒くて丸くて小さい虫が現れた。

「あれっ、何だろう」

と、うっかりさわった先生は、あまりのくささにびっくりしてしまった。子ども達は見慣れているので、

「あ、ヘクサ（カメ虫のこと）だ。うちにもいっぱいいるよ」

と、平気な顔だった。

このヘクサ、秋のおわりごろ山から飛んできて、あたたかい家の中へ入りこみ、冬の間はじっとしているが、春になってあたたかくなってくると、もぞもぞ出てきて、山へ帰って行くというわけだ。

一年生の女の子が、そっと教えてくれた。

「先生、ビンにすこーし水を入れておいて、その中にヘクサを入れてふたをすると、自分のにおいで自滅するよ」

なるほど、そういう方法があるのか。

昔、ある先生が、校庭を飛びかうヘクサの群《む》れを見て、

「あれ、めずらしいトンボがいる」

と、虫とりあみを持って、いさんで捕《つか》まえに行ったそうだ。ところが、あみにかかったのは黒くて丸くて小さいヘクサだった。その先生は、はじめて見る虫だったので興味深く観察したそうだが、さわったとたん、くさいにおいを出すので、あわてて逃がしたそうだ。

一度、保健室の先生が、バルサンをたいて退治《たいじ》しようとしたけれど、あまり効果がなかったので、やめたようだ。あまりさわがず、そっとしておいた方がいいのかもしれない。

クリの木は、

《ポカポカの陽気にさそわれて、冬眠していたヘクサが動き始めたんです。ヘクサのごきげんをそこねたら大変ですよ。強烈《きょうれつ》なにおいを発射《はっしゃ》します。うっかりつぶして黄色い液が、衣服につくとシミになるし、肌につこうものなら、はれあがってしまいます。さわらぬ神にたたりなしですよ》

と、少し笑いながらつぶやいた。

9
マムシの生《い》けどり

山の緑がいっそう濃《こ》くなった六月のある日。昼休みのグラウンドでのできごとだった。

学校の入口の石垣《いしがき》のところに、シマヘビとマムシが、日なたぼっこでもするように、ニョロニョロしていた。それを見つけた子ども達が、

「あ、マムシだ！」

と、教頭先生に教えた。教頭先生は、マムシというものを見たこともなかったので、どうしたらいいかわからず、給食のおばさんに、

「おばさん、マムシがいたと！」

と、知らせた。

給食のおばさんと用務員のおばさんが二人で、

「エッ、どごだ、どごだ」

と、外に出てきた。一人のおばさんは長い棒《ぼう》を、もう一人のおばさんは一升《しょう》びんを手に持っていた。マムシは毒《どく》を持っているから、かまれたら大変だけど、マムシ酒は万病《まんびょう》に効《き》く酒なので、おばさん達はなんとかマムシを生けどりにしようと思った。

他の先生達も大勢見守る中、おばさん達は、

「どれどれ、どごだ」

と、言いながら、マムシを道に追い出した。それから長い棒を使って、上手に一升びんの中にマムシを追い込んだ。そして、棒でびんにふたをし、生けどり成功だ。子ども達から歓声《かんせい》があがる。

「やったー！」

子どもも大人もみんな、大喜びだった。

クリの木は、葉っぱをゆらして、いっしょに喜んだ。

《ふぅ、よかった。マムシの生けどりなんてめったに見られるもんじゃないからね。三面でしか見られないものをたくさん見ていってください。マムシ酒は、けがをした時にかかせない薬です。傷口《きずぐち》にぬるとあっというまに治るし、打ち身にもよくききます。青アザができた時にもマムシ酒をぬると、翌日には治ってしまいます。そのまま飲むのはおすすめしません。強すぎるので、水やサイダーで割《わ》って飲むのがいいでしょう》

10 スーパー林道

山の雪がすっかり消えて、スーパー林道が通れるようになると、村の人も先生達も船を使わず、車で行き来した。

スーパー林道は、昭和五十三年十一月に完成した道路で、三面川の切り立った渓谷《けいこく》をけずって、車が通れるようにした道だ。道幅《みちはば》はかなり広く、工事用の大型トラックが通れるほどだった。

月曜日の朝、教頭先生がスーパー林道を車で走っていると、がけの上から大きな石が、ゴロンゴロンと落ちてきた。一つ、二つ、三つと落ちてきた。

「あーっ、落ちてきた。ほら！　ほら！　ほら！」

と、びっくりして叫んだ。となりに乗っていた女の先生が、

「あ、そうですね。落ちてきましたね」

と、落ちついた様子で言ったので、教頭先生は、もっとびっくりして、必死《ひっし》で石をよけて走りぬけた。道の上に落ちた石は、直径三十センチくらいあると思われた。

教頭先生は、となりの女の先生に、

「この道を夕方暗くなってから通った時に、カモシカに出会ったことがあるんだよ」

と、話した。女の先生は、

「えっ、ぶつからなかったんですか？」

と、きくと、教頭先生は、

「車のライトで照《て》らされて、二つの目が光って見えてね、道ばたにじっとして動かなかったよ。こっちはびっくりして、冷汗《ひやあせ》が出たけどね。特別天然記念物《とくべつてんねんきねんぶつ》だからねえ」

と、話した。スーパー林道では、いろいろな事が起きるようだ。赤い橋を渡《わた》り、村の近くまで行くと、長さ約六〇〇メートルほどの「かねつぼトンネル」があった。教頭先生は、車のクラクションを、

ブーーッ、ブーーッ

と鳴らした。

「どうしたんですか」

と、女の先生がきくと、教頭先生は、

「このトンネルはね、まん中でくの字に曲《ま》がっているから、むこうから車が入ってきてもわからないんだよ。一台分の道幅しかないから、もし、途中《とちゅう》で対向車と出会ったら、どっちかがバックしなくてはならない。ちょうどまん中に広い所があるから、一台くらいならすれちがいはできるけど、できたら、出会いたくないからね」

と、さらに、ブーーーッとクラクションを鳴らした。

幸い、対向車には出会わなかった。トンネルの出口までくると、教頭先生は、ほっと一息ついた。学校はもうすぐだった。

クリの木は、

《スーパー林道ができて、とても便利になりましたが、車の運転にはくれぐれも気をつけてください。ちょっとした気のゆるみが大きな事故になりますからね。慣れたころが一番あぶないですよ。それからパンクはよくあることですから、スペアタイヤを必ずつんでおいてくださいね。タイヤの交換《こうかん》くらい自分でできないと、スーパー林道は通れませんよ》

と、つぶやいた。

11

カジカとり

山にせみの声がひびく七月半《なか》ば。夏休みまであと少しというところ。先生は、子ども達といっしょに、午後から川へ出かけた。水泳場の下見だった。水泳場には「ミジャバ」「サマジャ」という特別の名前がついていた。夕方になると、めじろが襲《おそ》ってくるというので、早めに行って帰るつもりだった。

川の中へ足を入れると、水はひんやりと冷《つめ》たく、すきとおっていた。石のあいだにチラッチラッと小さい魚のしっぽが見えた。

「先生、カジカがいるよ」

「ほら、石の下にもぐった」

子ども達は、持ってきた水鏡《みずかがみ》を浮《う》かべて、見せてくれた。

　そうっと石を動かすと、カジカがさっと逃《に》げて行く。そこをすばやくタモですくいとる。逃げられることもあるが、だいたいは成功する。

「やった。また、とった！」

「あ、さっき逃がしたやつだ！」

　時の経つのも忘れ、子ども達は夢中《むちゅう》になって捕まえた。先生も、子ども達に教えてもらうのだけれど、なかなか捕まえられない。

「あっ、いる！」と思ってもするっと逃げられてしまう。

「あぁ、もう少しだったね」

「おしい、おしい」

　子ども達に励まされて、いっしょうけんめいカジカを追いかけた。

　日がかたむき、川の水がどんどん冷たくなってきた。

「先生、めじろにさされる前に帰ろう」

にはよくないことだ。


「そうだね、さされたら大変だ」

と、子ども達と先生は、急いで学校へ帰って行った。バケツの中には捕まえたカジカがたくさん泳いでいた。

クリの木は、

《カジカとりは、子ども達の方が先生だな》

と思いながら、葉っぱをゆらして、風をそよそよと送った。よく見ると、枝にはもう小さな実がついていた。

クリの木は、つり橋がかかっている釜ヶ渕《かまのふち》の方を見た。つり橋からの景色はとてもきれいで、濃い緑色の葉をつけた木々が、その姿を水面《みなも》に写していた。岩と緑と清流《せいりゅう》が、一枚の絵のように美しかった。

《あの緑が、あと一カ月もすれば、黄色く色づいていく。そして私

の実も少しずつ大きくなっていくんだ》

クリの木は、そう思った。

12

前山《まえやま》のクリ拾《ひろ》い

夏のにぎわいが過ぎて、九月になると、前山のクリの木には、たくさんの実がつき始めた。山には、他にもたくさんのクリの木があった。村の人達が下草《したくさ》を刈《か》ったりして大切に育てている、みごとなクリ林だった。クリ拾《ひろ》いの時期になると、村の人達は、一軒から一人ずつ出て、一日おきに拾いに来た。

クリの木は、りっぱな枝をゆすって言った。

《見てください、私達の木を。それぞれの枝にたくさんの実をつけています。山に自然にはえてきた木なので、実は大きくないですが、味はとてもいいですよ。十月の終わりごろまでは、実がどんどん落ちます。みなさん、どうぞ拾いに来てください》

12　前山のクリ拾い

十月のはじめころ、学校で『全校クリ拾い大会』が行われた。小学生九人、中学生十四人の全校二十三人と先生達は、長ぐつをはき、テゴをかついで前山に登った。

山に登り始めると、さっそく、

「あ、ある、ある。あっちにも。こっちにも」

と、子ども達は見つけるのが速い。

先生がクリのイガを棒《ぼう》でむこうとすると、子ども達が、

「先生、まず、つぶこで落ちてるのから拾うんだよ」

と教えてくれた。イガをむいているより、つぶで落ちているクリを拾った方が速いということだ。子ども達は、どんどん拾っていく。テゴが、どんどん重くなっていく。先生も少しは拾ったが、子ども達の方が何倍も拾った。

先生が、たくさん拾おうとして山の上の方へ登っていくと、子ど

も達から、

「あんまり上へ行くと、クマも拾いに来るからだめだよ」

と、言われた。そうか、上の方のクリは、クマの分なんだな、と先生は思った。

学校へ戻って、全校で拾ったクリを量ってみると、今年の収穫《しゅうかく》は、六十六キログラムだった。

「わぁ、たくさん拾ったねぇ！」

子ども達は、とても満足そうだった。

クリの木は、まだ実がぎっしりついている枝をゆらしながら、
《私達のクリ林に来てくれて、ありがとうございます。たくさん拾えてよかった。また来年も、来てくださいね》
と、うれしそうにつぶやいた。

13 紅葉

　十月の半ばを過ぎると、前山のウルシの葉が真っ赤に色づいてきた。子ども達は、

「あ、まっかだ。秋の色だね」

「山が赤いようふく着たよ」

と、口々に言った。

　三面の紅葉は、息をのむほど美しい。スーパー林道からのながめは、みごとなものだった。県内外からの観光客がたくさん来た。先生達も、よく車を止めて、写真を撮《と》っていた。ブナの黄色、ウルシやモミジの紅《あか》、と三面の山はまるで錦《にしき》の衣《ころも》をまとったように、きらきら光っていた。

「きれいだなあ」

と、誰もが思った。

でも、ゆっくりながめていられないくらい、三面の秋は短くて、忙しかった。山は実りの時だし、田畑の収穫《しゅうかく》もあるし、これからむかえる長い冬への準備があったからだ。

住宅のおばさんは、

「雪が降るまでにやっておくことがたくさんあって、のんびりしてはいられない」

と、よく言っていた。おばさんは、クリ拾いや、トチの実拾い、それからきのこ採りに忙しそうだった。山には、自然のマイタケがどっさりあったし、シメジやナメコもたくさん採れた。

おばさんが住宅で料理してくれる山菜料理は、とてもおいしくて、先生達は大喜びだった。下では絶対に食べられないくらいおいしかったのだ。

中でも、めずらしかったのは、『アケビの丸やき』だ。アケビの中の種を取って、そこに甘ミソをつめ、油で揚げたもので、香りがよく、とてもおいしかった。先生達は、

「アケビの皮の料理がこんなにおいしいとは、知らなかった。はじめて食べたよ」

「皮の中の甘い所は食べたことがあるけど、皮まで食べられるとは、びっくりした」

「ちょっと苦《にが》いところが大人の味だね」

などと、言った。

おばさんは、料理をとてもよく知っていたし、クリの実や山菜の保存のし方もよく知っていた。一年の半分を雪の中で過ごす村の人達の知恵だった。

クリの木は、
《もうすぐ、あられやみぞれが降って、私の葉っぱが全部落ちると、冬がやってきます。今は、人も山の動物も、みんな忙しい時期なんです》
と、静かにつぶやいた。

14 朝もやにつつまれて

住宅で、おばさんの料理をついつい食べ過ぎてしまった女の先生達がおふろばで話をしていた。

「なんだか、このごろ太ってきたみたいです」

「いいですよ、それくらい。私なんて、三段腹ですよ！」

「ちょっと運動しないとだめですね。朝、早起きして走りませんか」

相談はすぐにまとまったようで、翌朝、三人の女の先生達は、五時に起きて学校のグラウンドへ走りに行った。住宅の玄関を出ると、外はひんやりとしていた。空気が冷えているせいか、朝もやがたちこめていた。

「うわぁ、霧の中みたいだね。気をつけて！」

と言いながら、三人はタッタッタッと、学校へ向かって走って行った。

走って行くと、川のむこうの方に、小さなかごが動いているのが見えた。

「あれ、かごが動いてる！」

「あ、本当だ。かごが動くなんて……」

「あぁ、エビばあちゃんが、かごを背負って歩いてるんだよ、きっと」

「そうか、びっくりした。エビばあちゃんのかごだったんだね……」

そう言っているまに、かごは動いていき、見えなくなった。通称エビばあちゃんは、腰は曲がっているけれど、歩く速さはとても速い。山道もスタスタとおどろくほど速く登っていき、山仕事も畑仕事も、達者にこなした。村の人はみな親しみをこめて、エビばあちゃんと呼んでいた。

まもなく、三人は学校のグラウンドに着いた。

「じゃあ、十周走ったら帰ろうね」

「私は、ついていけないから、マイペースで走るから」

「私は、疲れたらやめる……」

ということで、三人は軽やかに走りだした。タッタッタッという足音と、ハァハァという息の音だけが聞こえていた。早朝の空気は冷たく、三人は白い朝もやの中を、もくもくと走った。そのうち、だんだん足が重くなってきて、

「私、もう限界！」

「私も、きょうはこれくらいにしとこう……」

と、二人の先生は、順番にあきらめた。もう一人の先生は、とうとう十周を走り終え、

「ふーっ、十周走ったよ。疲れたぁ」

「すごいよ、がんばったね。さあ、住宅へ帰ってごはんにしよう。お腹すいた！」

ということで、三人は、またタッタッタッタッと住宅へ向かって走って行った。

クリの木は、
《いい運動をしたようですね。きっと朝ごはんがおいしく食べられますよ。もりもり食べてください》
と、つぶやいた。朝もやは、すっかり消えてお日様が顔を出しはじめていた。

15 冬

『その人は、船からおりて、長ぐつをはいた足を、おそるおそる湖《こ》面《めん》のシャーベット状の雪の上におろした。もぐらないようにと祈《いの》りながら……。しかし、願いもむなしく、足はずぶずぶと雪の中へ沈《しず》んでいった。あわてて、もう一方の足をついた。すると、その足もずぶずぶと、雪の中へ沈んでいった。さながら相撲《すもう》のしこをふむかっこうになった。「大変だ、足がぬけない」と思って、もがいていると、周りにいた村の人が、腕《うで》をひっぱって助けてくれた。それから、長ぐつの中に入った冷たい水を出し、こんどは、カンジキをつけて歩き出した。冷たく、長い道のりを……』

というのは、住宅のおばさんが語ってくれた、何年か前に勤《つと》めていた先生の話だった。先生達は、そんな大変なことがあったのか……という顔で、真剣に聞いていた。

雪が降って、ダム湖が雪と氷におおわれると、船は、氷を割りながら進むことになる。大雪の年には、氷が厚くなり、船は途中《とちゅう》までしか来られなくなった。先生達は、村の人に案内してもらいながら、雪と氷の湖面《こめん》を歩くことになるのだった。

また、おばさんは一枚岩《いちまいいいわ》のなだれの話をよくしてくれた。

「一枚岩の下は、なだれがつきやすい（おきやすい）こわい所で、ここを通る時は、気をつけないとだめですよ。大きな声を出したり、足音をたてると伝わるから、静かに、すばやく通らないと」

先生達は、雪道を歩く時は、いつも村の人に道案内をしてもらった。どこを通ったら安全か、なだれの危険がないか、村の人は、よく知っていたからだ。

15　冬

大人にとっては、雪にとざされる長い冬だったが、子ども達にとって、雪は楽しいものだった。

「先生、スキー大会があるから、うら山で練習しようよ」

「雪おろしの後は、屋根にあがって遊べるよ」

「寒い朝には、雪が氷って、しみ渡《わた》りができるよ」

「冬はこたつがあったかくて、ぽかぽかするし、ねこもいっしょに入るよ」

「冬は、あんまり人が来なくて、落ちついてるから好きだよ」

と、楽しそうに話してくれた。

クリの木は、
《とうとう、私の葉っぱは全部落ちてしまいました。これから、三面は、白い雪でおおわれていきます。雪深い三面は、大変なことが

多いけれど、楽しいこともたくさんあるんですよ》

と、つぶやいた。

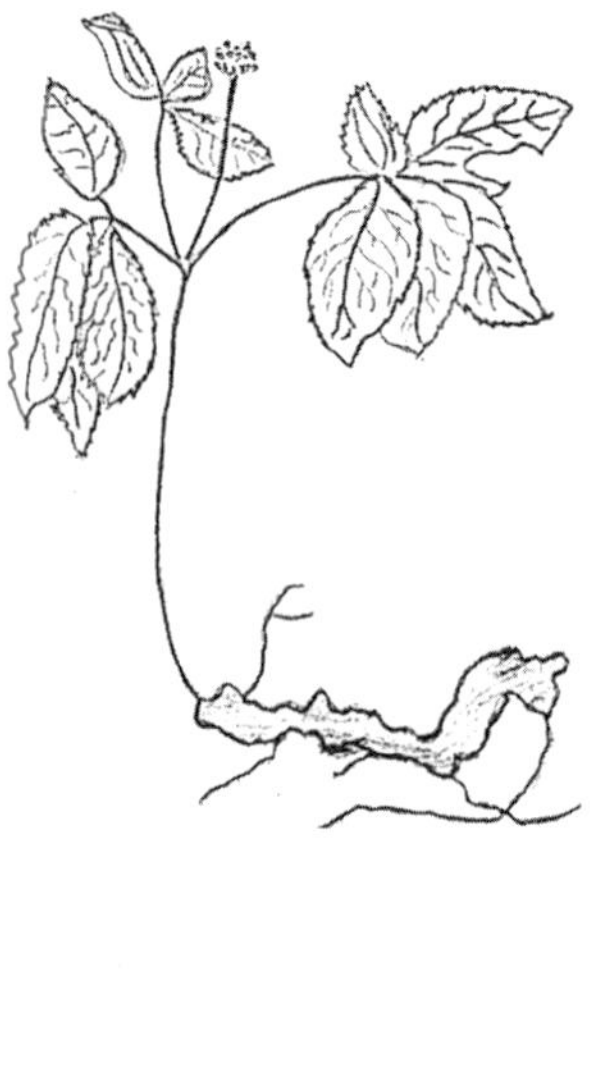

16
校長先生のお話

先生達は全員、教員住宅に泊まっていたけれど、校長先生だけは、一人で、村の店やさん（料理やさん）の二階に泊まっていた。店やさんには、シロという犬がいて、お客が来ると、しっぽを振って歓《かん》迎《げい》してくれた。村の行事の時などは、必ず現れて、元気に走り回っていた。店やさんには、お父さんとお母さんと、おばあちゃん、そして元気のいい三人の子どもがいた。

ある時、何人かの先生が校長先生の部屋へ招待されて、夜、出かけて行った。

店やさんの玄関に着くと、校長先生が出迎えてくれた。

「こっち、こっち。階段をあがって、ここが私の部屋だよ」

「へぇ、わりと広いんですね。本がたくさんありますね」

本だなには、むずかしそうな本が何冊か並んでいた。そのあいだに、茶筒《ちゃづつ》が二〜三本並んでおいてあった。

「あれ、校長先生、これはお茶ですか。たくさん飲むんですね」

「あ、いや、これはね……」

と、校長先生は、茶筒のふたをとって、中を見せてくれた。

「わぁー！」

思わず、みんなが声を出した。中には、柿の種がびっしり入っていた。

「実は、私は柿の種が大好きで、しけないように、こうしてお茶のカンに入れて持ってきてるんだよ」

と、話してくれた。ちょうどその時、店やさんのおばあちゃんが、お湯の入ったポットを持ってきてくれた。なぜか貫禄《かんろく》のあるおばあちゃんだった。

「校長先生、ポット持ってきたよー」

「あぁ、ありがとう。じゃあ、お茶を入れますかな」

校長先生は、お客の先生達にお茶を出し、お茶うけに、柿の種をすすめた。柿の種を食べた先生達は、

「うわぁ、おいしい。パリポリしてて、ぜんぜんしけてないですよ」

と、大喜びだった。みんなでお茶を飲んで、柿の種を食べていると、校長先生が、急に声を落として話し始めた。

「ここだけの話ですが、店やさんのおばあちゃんは、夜になると人を集めて、何やら始めるようです……」

「え、何を始めるんですか」

「ジャラジャラ音のするものです。そう、おばあちゃんは、マー

ジャンが強くて、毎晩、人数を集めて夜おそくまでマージャンをやっているそうです」

「えぇ〜、毎晩やるんですか」

「そう、そして、毎日、寝不足にもかかわらず、軽《けい》トラを自由自在に運転し、スーパー林道をかなりのスピードで走るそうですよ」

「えぇ〜、私なんか時速三十キロがせいいっぱいですよ」

「村に工事の人が、大勢出入りしていたころは、おばあちゃんは、何人もの人を泊め、まかないに大忙しだったそうだよ」

「すごいですねぇ」

校長先生は、みんなの反応を確かめながら、

「おばあちゃんのこれまでの歴史は、かんたんには語りつくせないですよ」

と、言った。「う〜〜ん」と、聞いていた先生達は、うなった。

おばあちゃんの貫禄《かんろく》は、この村で暮らした年月とともにつちかわれたものだったたのだ。ちょっとやそっとで、たちうちできるものではなかった。

先生達は、校長先生のお話を聞き、あまりおそくならないうちにと、帰っていった。

クリの木は、その様子を見ながら、

《おやすみなさい。店やさんは、これからにぎやかになりそうです。いつものことですからね。みなさんは、どうぞ、住宅へ帰って早めに休んでください》

と、つぶやいた。

17

松やき

年が明け、新しい年をむかえた。三面には、毎年どっさり雪が降る。二年前の大雪の年には、三メートルをこえる積雪があったが、その年の一月の積雪は一メートルほどだった。

小正月《こしょうがつ》の行事である松やきが、一月十七日(日)に、学校のグラウンドで行われることになった。

その日、カンジキをはいて雪を踏み固めてくれたのは、村の人達だった。子ども達も、スキーをはいて道踏《みちふ》みをしてくれた。子ども達は、家の人といっしょに、スルメやおもちを持って、グラウンドに集まっていた。店やさんのシロの姿もあった。

そのうち、グラウンドの中ほどに松の木が組まれ、区長さんの合図で火がつけられた。と同時に、みんなは声をそろえて、松やきの歌を歌い始めた。

『さんしゅの　きばら
いっちゃく　はっちゃく　みっつぶせ
さかめぐり　やまがた
やまがたの　こどもは
いじのわるい　こどもで
じろやれ　たろやれ
はねるきを　きってきて
おぱーめ　おぱーめ　～♬～』

火は高く燃えあがり、煙もモクモクあたりにたちこめた。子ども

達は、

「うわー、煙が目にしみる。けむたいよう」

「煙が高く上がると、習字が上手になるんだって」

「スルメがよく焼けてる。おもちもこげないようにね」

と、口々に言った。そして、スルメやおもちを食べるのにいっしょうけんめいだった。

教頭先生が、

「松やきの時に、焼いた習字のかすが遠くまで飛ぶと、字がうまくなるんだよ」

と、前にお話ししたので、家から、ためておいた習字の作品を持ってきた子がたくさんいた。習字を燃やしながら、

「もっと高くあがれ！　もっと高くあがれ！」

と、大きな声で叫んだ。シロも大よろこびで走り回っていた。

いきおいよく燃えていた火が、しだいに小さくなり、スルメやおもちもあらかた焼き終わるころ、子ども達は雪玉を作って、火に投げこんだ。

「あぁ、もう消えそうだね」

「三学期は、きっと習字が上手になるよ」

「もっと燃やしたかったなぁ」

「おもちを食べて、おなかいっぱいだよ。煙で目が痛いし……」

と、口々に言った。そして、火がすっかり消えて、子ども達は、それぞれの家へ帰って行った。

クリの木は、
《松やきが、にぎやかに行われたようですね。よかったです。今年の積雪は、まだ一メートルですが、これから、どんどん積もりますよ。これからが大変です。雪が降った朝の道踏みは、村の人の大事な仕事です。誰がどこからどこまでするか、きちんと決められているんですよ。冬でも安全に行き来するためです》

と、つぶやいた。

18 タヌキ汁？

雪がしんしんと降るころ。住宅でのあたたかい夕食は、先生達の何よりの楽しみだった。具だくさんのみそ汁や、玉ねぎのたっぷり入ったシチューは、体がぽかぽかにあたたまった。

住宅での夕食がすむと、何人かの先生は、「夜の村」へ出かけて行った。だいたいは、村の人からのおさそいがあって、めずらしい山菜料理や、めずらしい動物の鍋料理などをごちそうになるのだった。ついでに、おいしいお酒もごちそうになるらしい。なかなか楽しそうである。

まだ雪がどっさり積もっている二月の夜、教頭先生は、二〜三人の先生といっしょに、村の人の家によばれて行った。

住宅のおばさんから借りた懐中電灯で、前方を照らしながら、固い雪道を歩いて行った。住宅からあまり遠くない一軒の家の玄関に着くと、家の人が、待ってましたとばかり、

「さあ、どうぞ、どうぞ」

と、出迎えてくれた。先生達は、部屋の中へあがらせてもらった。居間のいろりには、大きな鍋がかけられていて、みそじたての汁のいいにおいがしていた。

「きょうは、タヌキ汁のつもりだったけど、タヌキがとれなくて……ちがう汁になったよ」

「そうですか」

と、教頭先生が言った。家のご主人が、

「まずは、あったかいところ食べてみて」

と言って、だいこんやごぼうといっしょに煮た汁をおわんにたっ

ぷり入れてくれた。

先生達は、あつあつの汁を、ふうふうしながらいただいた。

「ん、おいしい！　肉がこりこりしている」

「これは何の肉ですか」

教頭先生がきくと、

「これは、ウサギの肉。タヌキだったらもっとクセがあるけど、これはあんまりクセがなくて、だいこんといっしょに煮ると、けっこうおいしいんだよ」

と、話してくれた。だいこんやごぼうやねぎの香りとみそがよく合って、とてもおいしかった。そのうち、ビールやお酒がでてきて、先生達は、ウサギ汁といっしょに、お酒もほどよく飲んだ。

そろそろ帰る時間になり、教頭先生は、

「きょうは、大変ごちそうになりました。こんなにお酒もごちそうになって、おそくまでごめいわくをおかけしました」

と、家の人にあいさつをした。すると、いっしょにいた女の先生が、あわてて言った。

「教頭先生、めいわくなんてかけていませんよ」

「ほう、そうかね」

「そうですよ。教頭先生がかけたのは、大めいわくですよ！」

「ワハハハハ。こりゃ、一本とられたぁ」

みんなで大笑いをして、先生達は、住宅へ帰って行った。

クリの木は、
《タヌキ汁じゃなくてよかったですね。ウサギの方が食べやすいですよ。ウサギやタヌキは、山で暮らす人達の大事なタンパク源です。独特の食感だったでしょう。こりこりして、かみしめるととてもお

いしいです。三面でしか味わえない鍋ですよ》
と、つぶやいた。

19 クマの解体

ある時、「今年はじめてのクマが捕れた」ということで、教頭先生は、村の人に呼ばれて出かけて行った。まだ固い雪が一メートル以上積もっている寒い夜だった。

村の中ほどにある一軒の家へ行くと、何やら厳粛《げんしゅく》なふんいきだった。玄関をあがると、広い部屋一面にビニールシートが敷《し》かれ、大きな肉の塊《かたまり》が四カ所に分けられていた。『七串焼き』の儀式《ぎしき》が始まるところだった。教頭先生は、お招きのあいさつをていねいにして、部屋のすみに座らせてもらった。

村の人達にとって、クマは山の神様からのいただき物だった。神様からいただくためには、厳格《げんかく》な作法と、たくさんの制約《せいやく》があった。

それは、誰かに教えてもらうというのではなく、狩りをしながら、身につけていかなければならなかった。山を歩いて、歩いて、体で覚えるという感じだった。三面の人は、

「山から学ぶのが一番いい」

「大事なことは、山が教えてくれる」

と、よく言った。

いよいよ儀式が始まった。教頭先生は、背すじを伸ばして座り直した。

まず、フジカ（最年長者）が水垢離《みずごり》をとり、狩りに参加した人達で『身取り』をしていった。フジカは、シンガメというクマの尻の肉を切り、それを七つに切る。さらに一片を七つに切って、四十九片の肉片を作る。それを、クリの木の枝で作った七本の串に、七切れずつ突《つ》き刺《さ》していく。そのあと、七本の串から肉片を一つずつ

取り、七つの肉片をまとめてキリハ（山刀）で十文字に目を入れ、杓子《しゃくし》の中に入れる。

フジカは、杓子を額の上まで差し上げて、『ゆとがけの唱《とな》え』を唱えた。これは、山言葉《やまことば》で語られ、山の神様に献《ささ》げるものだった。教頭先生には、まるでよその国の言葉にきこえた。

それがすむと、肉片を、クリの木で作った箸《はし》でイロリにかけられた大鍋の中に入れる。ゾウフ汁の中に混《ま》ぜるのだ。七本の竹串は、イロリの火で焼かれた。鍋から立ちのぼるゆげと、肉の焼けるいいにおいが、部屋中にただよった。

しばらくして、肉に火が通ると、みんなで七串の肉を食べ、クマのゾウフ汁を味わった。

「ほぉ、これはうまい」

と、教頭先生は、初めて食べるクマの肉をかみしめながら、満面の笑みをうかべた。村の人達は、数時間前に行われた狩りの様子を思い出しながら、まだ少し興奮《こうふん》した表情で語り合っていた。みんな、長い緊張から解放されて、くつろいだ様子で、おいしい肉を味わった。ごちそうと、クマを捕った喜びに包まれて、三面の夜がふけていった。

クリの木は、

《春先のクマは、とてもおいしいですよ。三面の人達は、狩りをしながら生活してきたんです。だから、山に入ると、歩き方も走り方もかわります。三面の人達は、山とともに生きてきたんですよ》

と、誇《ほこ》らしい気持ちでつぶやいた。

20 さようなら

冬のあいだ空をおおっていた厚い雲が、ようやくうすくなり、時々お日様が顔を出すようになった三月の末、三人の先生が子ども達にお別れのあいさつをし、山を下りることになった。

別れの日、異動する先生達の荷物は、トラックの荷台にドンと積まれた。そして、先生達も全員トラックの荷台に乗り、車は船着き場に向かって出発した。

「みんな、ありがとー。元気でねー」

先生は、大きく手を振った。子ども達は、

「先生、さようならー」

と、大きな声で言いながら、トラックのあとを追いかけた。どこまでも追いかけた。そのうち、トラックは小さくなって見えなくなっていった。

その様子を見ていたクリの木は、
《さようなら、お元気で。二年間ありがとうございました。三面での生活はいかがでしたか。どうか三面を忘れないでください。ここはもうすぐダムの底になります。私は、秋になって実が落ちたら、山の動物にたのんで、クリの実を、山の上まで運んでもらうことにします。次の春には、新しい芽が出て、またクリの木が育つでしょう。そうすれば、またこの谷を見下ろすことができます。私はずっと、この谷を見守っていきます》
と、静かにつぶやいた。

おわりに

最後まで読んでいただいてありがとうございました。この話は、昔々の物語ではなく、つい四十年前の話です。私が新採用教員として三面の小学校に勤めた昭和五十六年四月から二年間のできごとを書いたものです。

はじめて三面に行く時、車で船着き場まで送ってもらい、三面行きの県営船に乗りこみました。そう、三面は陸つづきなのに、船で行かなければならない所でした。

船内には炭火の暖房があり、けたたましいエンジンの音をたてて進みました。まわりの山々の景色が美しく、遠くにカモシカが見えました。四十分ほどで猿田の船着き場に到着し、そこから村までは、雪道を一時間ほど歩きました。重い荷物はすべて村の人達がかついで運んでくれました。ありがたいことでした。

村の教員住宅に住み、二年間過ごすことができたのは、村の人達の助けがあったからこそです。山道の歩き方、草花の名前、山の天気のこと、クマのこと、たくさんのことを教えてもらいました。

私が山を下りたのは、昭和五十八年三月で、その二年後に、学校は閉校となりました。その後、村も閉村となり、村の人達は、住み慣れた三面をあとにし、村上市内やそれぞれの場所へ移っていきました。

奥三面ダム建設のため、村がダムの底に沈むからでした。

時代の流れ、社会の要請とはいえ、そこに暮らしていた人達の生活は、なくなってしまいました。自然の中で、様々な工夫をし、助けあいながら暮らしてきた人達。山の美しさ、山の厳しさを十分に味わい、さらに山への畏敬の念を忘れなかった人達。その人達の生活が戻ってくることはありません。

村の人達が山を下りて、もう三十七年が経ちます。家の庭先でぜんまいを干していたリヨおばあちゃん、狩りが大好きで山を歩く方が平地を歩くよりずっと楽だと言っていた村の人、上手にマムシを捕まえ、マムシ酒をつくっていたおばさん、カジカとりやクリ拾いが得意だった子ども達。そんな人達がいたことを忘れないために、私はこの物語をまとめようと思いました。

この物語を読んで、当時の様子をなつかしく思い出してくれたら幸いです。

話の中に出てくる、三面の子ども達、村の人達、三面の学校に勤めた先生方、そして、私のつたない文章を編集してくださった出版社の方々に、心から感謝します。文中、私の記憶があいまいな所があるかと思いますが、どうぞお許しください。

令和四年七月

くぼた　まみこ

参考文献

■『越後三面山人記』田口洋美　農山漁村文化協会
■『山に生かされた日々　―新潟県朝日村奥三面の生活誌―』「山に生かされた日々」刊行委員会　民族文化映像研究所

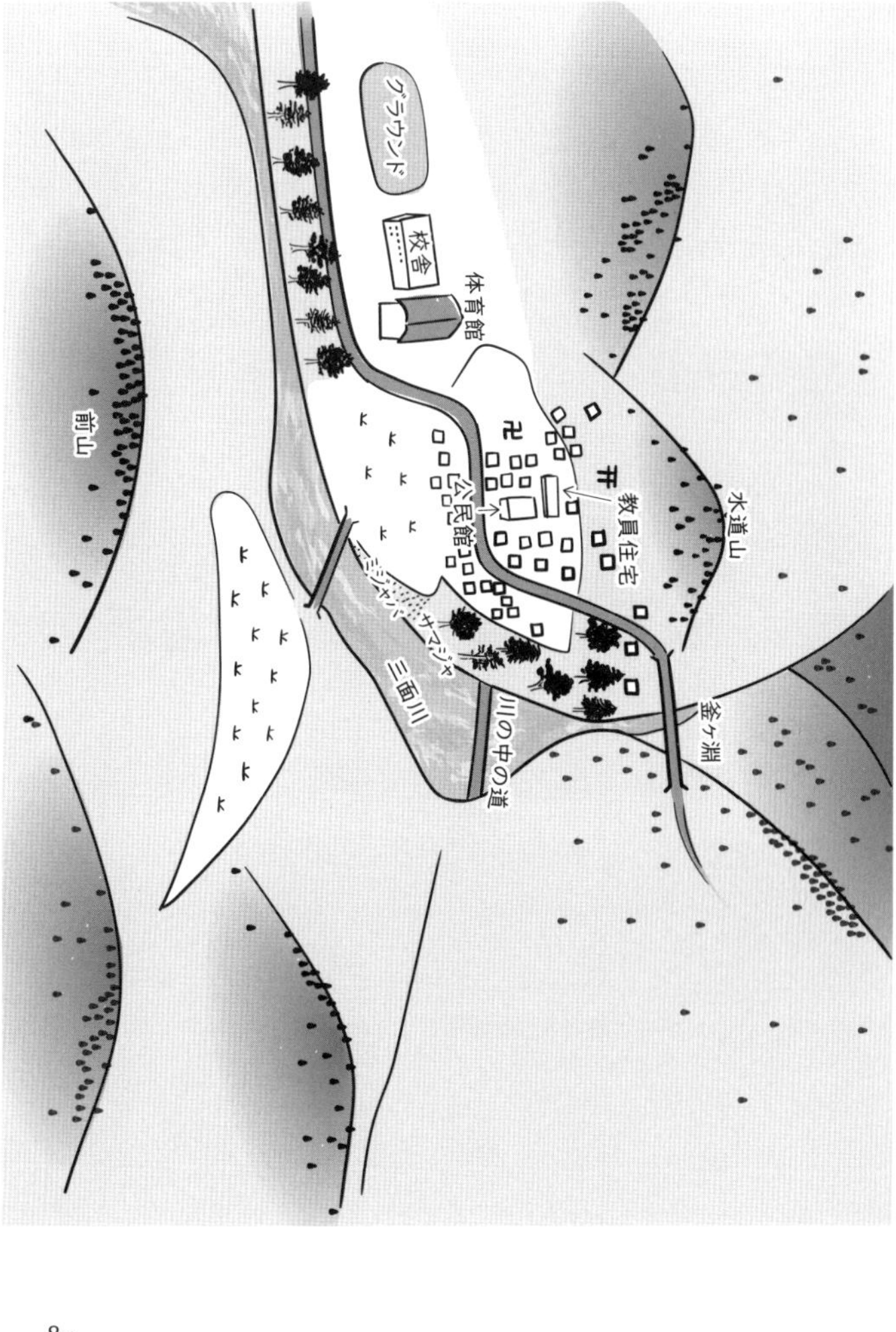
グラウンド
校舎
体育館
前山
水道山
教員住宅
公民館
三面川
川の中の道
釜ヶ淵

みおもて谷の地図

昭和57年６月　猿田へウルイ採りに　右から２番目が作者

くぼた　まみこ

1957年　新潟県村上市生まれ
1981年　新潟大学教育学部卒業
小学校の教員として３年間勤めるが、結婚を機に退職する。その後、子育てが一段落した頃、小学校の臨時職員として復職。現在、介助員として仕事をしている。

【著書】
『ちびっこギャングのひみつきち』（東京図書出版）
『ボサボサ』（東京図書出版）

みおもて谷の物語

2023年２月23日　初版第１刷発行

著　　者　くぼた まみこ
発 行 者　中 田 典 昭
発 行 所　東京図書出版
発行発売　株式会社 リフレ出版
〒112-0001　東京都文京区白山 5-4-1-2F
電話 (03)6772-7906　FAX 0120-41-8080
印　　刷　株式会社 ブレイン

ISBN978-4-86641-605-2 C0093
Printed in Japan 2023